KB096800

행복한 왕자

행복한 왕자

오스카 와일드 지음

김춘길 옮김

이가서
Leagaseo publishing

차례

도시 위로 높이 솟은 원기둥 위에 행복한 왕자의 동상이 서 있었다.

그의 온몸은 순금의 얇은 금박으로 덮여 있었고, 눈은 두 개의 빛나는 사파이어로, 그리고 칼자루에서도 커다랗고 빨간 루비 하나가 빛나고 있었다.

왕자는 실로 엄청난 찬미를 받았다.

"그는 바람개비처럼 아름다워."

예술적인 감각을 지녔다는 얘기를 듣고 싶었던 시의회 의원 한 사람이 말했다.

그러고 나서 사람들이 자기를 현실적이지 못하다고 생각할까봐 두려워서, "그다지 유용하지 못한 것만 뺀다면" 하는 말을 덧붙였다.

"왜 너는 행복한 왕자를 닮지 못하니?"

"행복한 왕자는 무슨 일이 있어도 울며 떼쓰지 않는단
다." 분별 있는 한 어머니는 불가능한 것을 바라는 그녀
의 어린 아들에게 말했다.

"이 세상에 진정으로 행복한 누군가가 있다는 건 기쁜
일이야."

실의에 빠진 어떤 사람은 이 아름다운 동상을 쳐다보
며 중얼거렸다.

"왕자님이 꼭 천사처럼 보여요."

진홍색 외투와 깨끗하고 하얀 치마를 입은 고아원 아이들이 성당에서 나오며 말했다.

"그걸 어떻게 아니? 너희들은 천사를 본 적이 한 번도 없을 텐데" 하고 수학 선생님이 물었다.

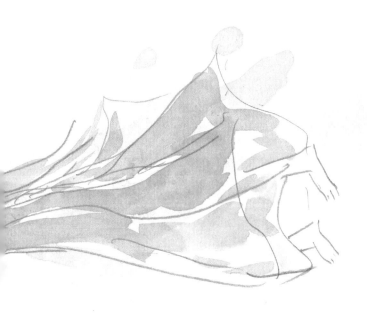

"아! 하지만 우리는 꿈속에서 본 적이 있는걸요."

아이들이 대답했다.

하지만 이 수학 선생님은 아이들의 꿈을 인정할 수 없었기 때문에 얼굴을 찌푸리면서 매우 엄한 눈으로 바라보았다.

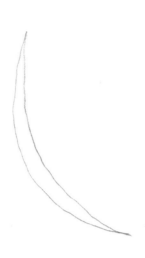

그러던 어느 날 밤, 작은 제비 한 마리가 이 도시 위를 날아가고 있었다. 친구들은 이미 6주 전에 이집트로 날아갔지만, 이 제비는 몹시 아름다운 갈대에 홀려 그만 뒤처지게 된 것이었다.

제비는 이른 봄날 크고 노란 나방을 쫓아 강가로 날아 갔다가 그 갈대를 만나게 되었는데, 그녀의 날씬한 허리에 매혹되어 말을 걸게 되었다.

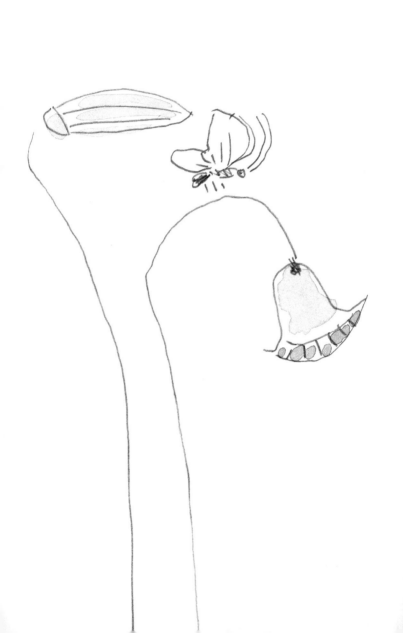

단도직입적인 말을 좋아하는 제비가 말했다.

"당신을 사랑해도 될까요?"

그러자 갈대는 그에게 살짝 고개를 숙였다. 그래서 제비는 날개로 물을 스쳐 은빛 물결을 일으키며 갈대 주위를 빙빙 돌았다. 이 같은 제비의 구애는 여름 내내 계속되었다.

다른 제비들이 지저귀었다.

"이건 어리석은 사랑이야. 갈대는 돈도 없으면서 친척들만 많다구."

사실 강에는 갈대로 가득 차 있었다. 그러고 나서 가을이 되자 제비들은 모두 날아가 버렸다.

그들이 모두 떠나가 버리자 제비는 외로워졌고, 자신의 연인에게도 싫증을 느끼기 시작했다.

"그녀는 말이 없어. 그리고 항상 바람과 시시덕거리는 걸 보면 요부妖婦일까봐 걱정돼."

확실히 갈대는 바람이 불어올 때마다 가장 우아하게 무릎을 굽혀가며 인사를 하곤 했다.

제비는 말을 이었다.

"갈대 아가씨가 가정적인 건 나도 인정해. 하지만 나는 여행을 좋아해. 그러니까 결과적으로 내 아내 또한 여행을 좋아해야 하잖아."

"나와 함께 떠나실래요?"

제비는 마지막으로 갈대에게 물었다. 그러나 갈대는 자기 집에 너무나 애착을 갖고 있었기 때문에 고개를 가로저었다.

제비가 소리치며 말했다.

"당신은 지금껏 나를 희롱했던 거군요."

"나는 피라미드가 있는 곳으로 떠날 겁니다. 안녕!"

그리고 제비는 날아가 버렸다.

제비는 하루 종일 날아서 밤 시간에야 이 도시에 도착
했다.

"어디서 묵을까? 시내에 머물 수 있으면 좋겠는데."

그때 제비는 높은 원기둥 위에 서 있는 동상을 보았다.

"저기서 묵어야겠군."

"맑은 공기로 가득 차 있는, 아주 좋은 장소잖아."

그래서 제비는 행복한 왕자의 발 사이에 내려앉게 되었다.

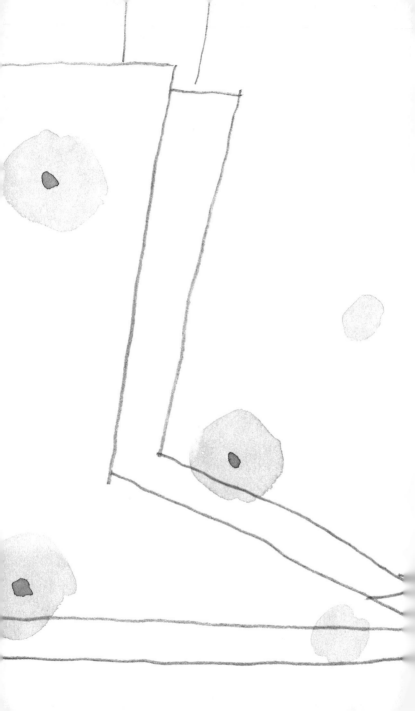

"황금 침대를 얻었는걸."

제비는 주위를 둘러보며 혼잣말로 속삭이고는 잠들 준
비를 했다.

그런데 제비가 자기 머리를 날개 밑으로 집어 넣는 순간 큰 물방울 하나가 제비의 깃털 위로 툭 떨어졌다.

　　"참 이상한 일이군!"

　　"하늘엔 구름 한 점 없고, 별도 초롱초롱 빛나고 있는데, 그런데 비가 오다니. 북유럽의 날씨는 참 지독하군. 하긴 갈대 아가씨도 비를 좋아하곤 했지만, 그건 단순히 갈대의 이기심 때문이었어."

그때 물방울이 또 떨어졌다.

"비를 피할 수 없는 동상이라면 무슨 소용이람?"

"차라리 안전한 굴뚝 구멍을 찾아봐야겠어."

그리고 제비는 날아가 버리기로 마음을 먹었다.

그러나 제비가 날개를 펴기도 전에 세 번째 물방울이 떨어졌고, 그래서 그는 위를 올려다보게 되었다. 그리고 그의 눈에 비친 것이 있었다.

아! 과연 제비는 무엇을 보았을까?

행복한 왕자의 두 눈에 눈물이 가득 고여 있었고, 눈물은 왕자의 황금빛 양 볼을 타고 흘러내리고 있었다. 왕자의 얼굴은 달빛을 받아 너무나 아름다웠기 때문에 작은 제비는 동정심이 생겼다.

제비가 물었다.

"당신은 누구시죠?"

"나는 행복한 왕자란다."

"그런데 왜 눈물을 흘리세요? 당신 때문에 내가 젖었
잖아요."

"내가 인간의 마음을 가지고 살아 있었을 때"
하고 행복한 왕자는 대답을 시작했다.

"나는 눈물이 무엇인지 몰랐단다. 슬픔이 들어올 수 없
는 안락한 궁전에서 살았기 때문이지.

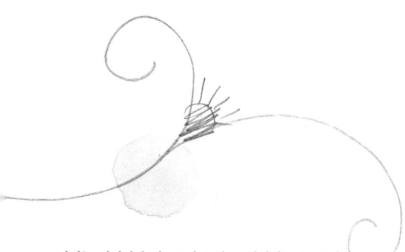

낮에는 정원에서 친구들과 놀았고, 저녁에는 큰 홀에서 앞장서 춤을 추었단다. 정원 둘레에는 매우 높은 성벽이 둘러쳐져 있었는데, 나는 결코 성벽 너머에 무엇이 있는지 물어보고 싶지 않았지. 내 주변에 있는 것들은 어느 것이나 무척 아름다웠거든. 신하들은 나를 행복한 왕자님이라고 불렀고, 나는 정말로 행복했어. 만약에 그 쾌락이 행복이었다면 말이야.

나는 그렇게 살다가 죽었어. 그리고 내가 죽자 신하들은 이 도시의 추한 것과 비참한 것이 다 내려다보이는 이 높은 곳에 나를 세워놓았단다. 그러니 비록 내 가슴이 납으로 만들어졌다고 하더라도, 나는 울지 않을 수가 없는 거야."

"뭐라고요? 왕자님이 순금으로 만들어진 게 아니라고
요?" 제비가 혼잣말을 했다. 제비는 그런 말을 큰 소리로
내뱉을 만큼 예의가 없지는 않았다.

왕자는 노래하듯 낮은 목소리로 계속 말했다.

"저 멀리……"

"저 멀리 좁은 거리에 가난한 집 한 채가 있단다. 창문
하나가 열려 있는데, 그 사이로 한 여자가 식탁에 앉아
있는 게 보여.

여인의 얼굴은 야위고 피곤해 보이는데, 손을 바늘에 찔려 거칠고 피로 물들어 있단다. 그녀는 재봉사이기 때문이지. 지금 여왕의 시녀 중에서 가장 아름다운 시녀가 궁중 무도회에서 입을 공단 옷에다가 시계초 문양을 수놓고 있는 중이란다. 방 한쪽 구석의 침대에는 그녀의 어린 아들이 앓아누워 있구나.

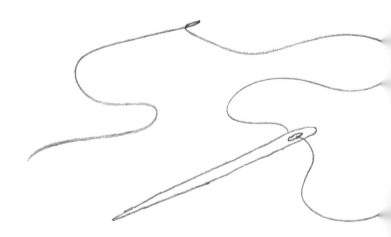

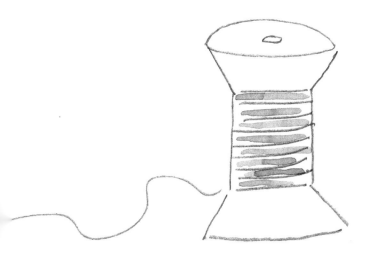

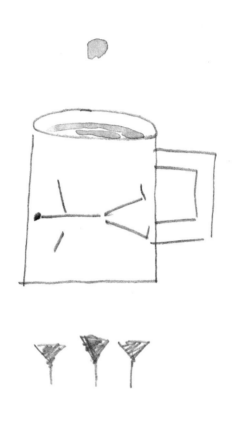

그 아이는 열이 있어서 오렌지를 달라고 보채고 있어. 하지만 어머니는 강에서 떠온 물밖에 줄 것이 없어서 아이가 울고 있는 거란다.

제비야, 제비야, 작은 제비야. 네가 내 칼자루에서 루비를 뽑아다가 저 여인에게 가져다주지 않겠니?

나는 발이 대좌에 고정되어 있어서 움직일 수가 없단다."

제비가 말했다.

"이집트에서 저를 기다리고 있어요."

"제 친구들은 나일강을 따라 날아다니거나 큰 연꽃들에게 말을 걸고 있을 거예요. 친구들은 곧 위대한 왕의 무덤으로 자러 갈 텐데, 그 왕은 색칠이 된 관 속에 들어 있답니다. 왕은 노란 리넨 천에 싸인 채 썩지 않는 향료로 보존되어 있어요. 왕의 목에는 연녹색의 비취 목걸이가 걸려 있는데, 양손은 시든 잎사귀 같답니다."

왕자가 말했다.

"제비야, 제비야, 작은 제비야."

"나하고 하룻밤만 같이 있으면서 내 심부름을 해줄 수는 없겠니? 저 아이가 갈증으로 목말라 하니까 어머니도 무척 슬퍼하는구나."

"저는 아이들을 좋아하지 않아요. 지난 여름, 강가에서 살고 있을 때, 방앗간집의 버릇없는 사내 녀석 둘이 나한테 돌을 던졌어요. 물론 우리 제비들은 무척 잘 날으니까, 그따위 돌에 맞지는 않았지요. 게다가 저는 민첩하기로 소문난 가문에서 태어났거든요. 하지만 돌을 던지는 것은 몹시 무례한 짓이에요."

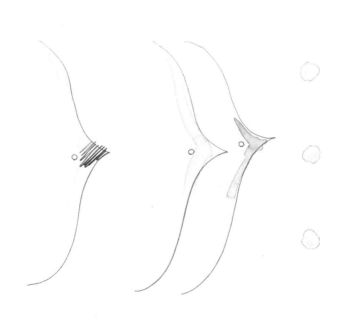

그러나 행복한 왕자가 너무 슬픈 표정을 짓고 있어서 작은 제비는 미안한 생각이 들었다.

"여긴 몹시 추워요."

"하지만 하룻밤만 왕자님과 지내면서 심부름을 해드리겠어요."

"고맙구나, 작은 제비야."

제비는 왕자의 칼자루에서 커다란 루비를 뽑은 뒤에
부리에 물고 도시의 지붕 위로 날아갔다.

제비는 하얀 대리석 천사가 조각되어 있는 성당의 탑
을 지나갔다. 궁전을 지날 때는 흥겨운 음악 소리가 들리
기도 했다. 아름다운 아가씨가 연인과 함께 발코니에 나
와 있었다.

"별들은 이렇게 멋지고, 사랑의 힘은 이다지도 강하군
요." 남자가 여자에게 말했다.

"다음 파티 때까지는 새 드레스가 완성되었으면 좋겠
어요. 드레스에다가 시계초 문양을 수놓아 달라고 했는
데, 재봉사가 너무 게을러요."

여자가 대답했다.

제비는 강을 건널 때 배의 돛대에 매달려 있는 등불을
보았다. 유태인 거리를 지날 때에는 늙은 유태인들이 서
로 가격을 흥정하거나 구리 저울에 달아서 돈을 분배하는
게 보이기도 했다.

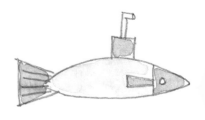

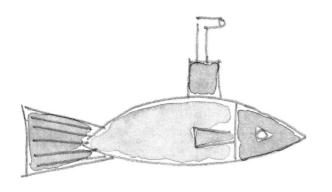
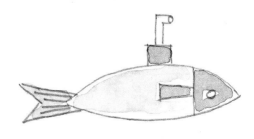

마침내 가난한 집에 도착한 제비는 방 안을 들여다보았다. 아이는 심한 열 때문에 침대 위에서 뒤척이고 있었고, 어머니는 몹시 지쳐서 잠들어 있었다.

　　제비는 방 안으로 살짝 날아 들어가 테이블 위에 있는 골무 옆에다 큰 루비를 떨어뜨렸다.

그리고는 침대 주위를 조용히 날면서 날개로 아이의 이마를 부채질해 주었다.

　"아 시원해! 병이 나을 모양이야."

　아이는 중얼거리다 달콤한 잠 속으로 빠져들었다.

　제비는 행복한 왕자에게로 날아와서 자기가 하고 온 일을 말해 주었다.

　"신기한 일이에요. 몹시 추운 날씨인데도 아주 따뜻한 느낌이 들어요."

"그건 네가 착한 일을 했기 때문이란다."

그러자 작은 제비는 그 일을 한참 생각하다가 잠들었다. 제비는 뭔가를 생각할라치면 항상 잠이 오곤 했다.

날이 밝자 제비는 강으로 내려가 목욕을 했다.

"놀라운 일이군! 겨울에 제비라니!"

다리를 건너가던 조류학 교수가 말했다.

교수는 그 지방의 신문에 제비에 관한 긴 글을 써서 보냈다. 사람들은 자기들이 이해할 수 없는 말로 꽉 차 있다고 생각하면서도 그 글을 여러 차례 인용했다.

"오늘 밤에 저는 이집트로 떠나요."

잔뜩 기대에 부푼 제비는 모든 공공 기념물을 돌아보고, 교회의 뾰족탑 위에도 오랫동안 앉아 있었다.

어디를 가든 참새들이 짹짹거리며 재잘거렸다.

"어머, 고귀한 손님이다!"

그래서 제비는 기분이 퍽 좋아졌다.

달이 떠오르자 제비는 행복한 왕자에게로 돌아왔다.

제비가 큰 소리로 말했다.

"이집트에 전할 말씀 없어요?"

"전 이제 떠날 거예요."

"제비야, 제비야, 작은 제비야."

"하룻밤만 더 나와 함께 지낼 수 없겠니?"

왕자는 하루만 더 지내기를 간청했다.

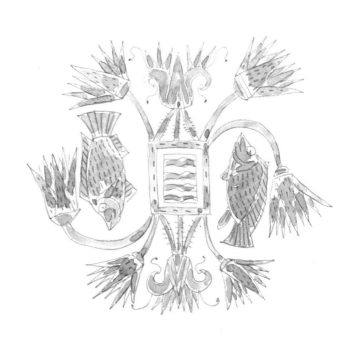

"친구들이 이집트에서 저를 기다리고 있어요."

제비는 계속 말을 이었다.

"내일이면 친구들은 나일강에서 두 번째로 큰 폭포까지 올라갈 거예요. 거기 갈대숲 속에는 하마가 누워서 쉬고, 큰 화강암 위에는 멤논 신神이 앉아 있어요. 그 신은 밤새도록 별을 바라보다가 새벽별이 비치면 외마디의 기쁜 탄성을 지르고 나서 이내 침묵을 한답니다.

정오가 되면 누런 사자들이 물을 마시러 물가로 내려 오지요. 그들의 눈은 파란 에메랄드 같고, 포효하는 소리 는 폭포수 소리보다도 더 크답니다."

"제비야, 제비야, 작은 제비야."

"이 도시 건너편 저쪽 멀리 다락방에 한 젊은이가 살고 있단다. 그는 온통 서류들로 덮인 책상 위에 엎드려 있는데, 그 옆에 놓인 큰 컵에는 다 시들어버린 제비꽃 한 다발이 꽂혀 있구나. 그의 갈색 머리는 곱슬거리며, 입술은 석류알처럼 붉고, 큰 눈은 꿈꾸는 듯하구나. 젊은이는 극장 연출가에게 줄 희곡을 완성하려고 애쓰고 있는데, 너무 추워서 글을 못 쓰고 있단다. 벽난로에는 불이 없고, 배가 고파서 쓰러질 것 같구나."

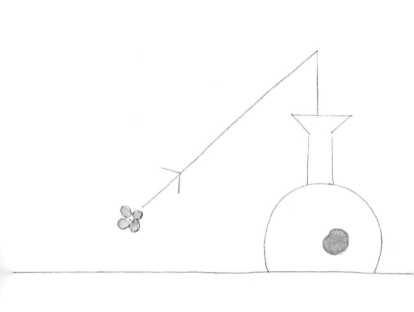

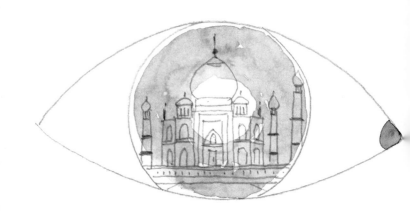

"왕자님 곁에 하룻밤만 더 있겠어요."

정말 착한 마음씨를 지닌 제비가 말했다.

"그 사람에게 또 다른 루비 하나를 갖다 줘야 하나요?"

"아! 이런, 난 이제 루비가 없단다."

"내게 남은 건 두 눈뿐이야. 내 눈은 천 년 전에 인도에
서 가져온 아주 귀한 사파이어란다. 그 중 하나를 뽑아다
가 젊은이에게 갖다 주거라. 그가 보석상에 사파이어를
팔아 장작을 사게 되면 희곡을 완성할 수 있게 될 거야."

"사랑하는 왕자님, 저는 그렇게 할 수가 없어요."

작은 제비는 그렇게 말하고 나서 울음을 터뜨렸다.

"제비야, 제비야, 작은 제비야."

"내가 시키는 대로 하거라."

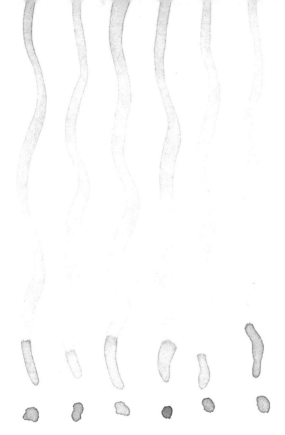

그래서 제비는 왕자의 눈을 뽑아 그 젊은이의 다락방으로 날아갔다. 지붕에 구멍이 하나 뚫려 있어서 안으로 들어가기는 아주 쉬웠다.

제비는 구멍을 통해 쏜살같이 날아 들어갔다. 젊은이는 양손에 얼굴을 묻고 있어서 제비의 날갯짓 소리를 듣지는 못했다. 그리고 젊은이는 눈을 뜨자마자 시든 제비꽃 위에 놓인 아름다운 사파이어를 보게 되었다.

"사람들이 내 글을 인정하기 시작했구나!"

젊은이가 소리쳤다.

"이 사파이어는 내 글의 예찬자가 보낸 게 틀림없어. 이제 나는 희곡을 완성할 수 있게 되었어."

그리고 젊은이는 아주 행복해 보였다.

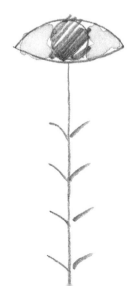

다음 날 제비는 항구로 날아 내려갔다. 제비는 큰 돛대 위에 앉아서 선원들이 갑판 밑의 창고에서 밧줄로 큰 궤짝을 끌어올리는 것을 구경했다. "어기여차!" 궤짝을 끌어올릴 때마다 선원들은 소리쳤다.

"나는 이집트로 갈 거예요." 제비가 소리쳤지만, 들어주는 사람은 아무도 없었다. 그리고 달이 떠오르자 제비는 행복한 왕자에게로 돌아왔다.

"왕자님께 작별을 고하러 왔어요."

왕자는 떠나려는 제비에게 한번 더 간청했다.

"제비야, 제비야, 작은 제비야."

"하룻밤만 더 나와 함께 있어주지 않겠니?"

"왕자님, 이제 겨울이에요."

"이제 여기에도 곧 차가운 눈이 내릴 거예요. 이집트에서는 태양이 푸른 야자나무를 따뜻하게 비추고 있고, 악어들은 진흙탕 속에 엎드려 나른한 듯 주위를 둘러보고 있어요. 친구들은 바알벡 사원에다 둥지를 틀었을 테고, 분홍빛과 하얀빛의 비둘기들은 우리 제비들을 지켜보며 구구거릴 거예요.

사랑하는 왕자님, 저는 떠나야만 해요. 하지만 절대로 왕자님을 잊지는 않을게요. 그리고 내년 봄에는 왕자님이 사람들에게 나눠주신 보석 대신에 아름다운 보석 두 개를 갖다 드릴게요. 빨간 장미보다 더 빨간 루비하구요, 큰 바다만큼 파란 사파이어로요.”

"저 아래 광장에…" 하고 행복한 왕자가 말했다.

"어린 성냥팔이 소녀가 서 있단다. 그런데 그 소녀가 성냥을 도랑에 빠뜨리는 바람에 성냥을 모두 못 쓰게 되었어. 집에 돈을 벌어가지 못한다면 소녀는 아버지에게 매를 맞아야 돼. 그래서 소녀가 울고 있는 거란다. 소녀는 신발이나 긴 양말을 신지 않았고, 작은 머리에는 아무것도 쓰지 않았어. 내 눈 한쪽을 마저 뽑아다가 저 소녀에게 갖다 주거라. 그러면 소녀는 아버지에게 맞지 않아도 될 거야."

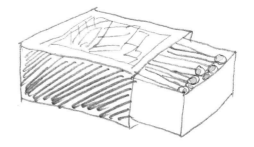

"왕자님과 하룻밤 더 머물기는 하겠어요."

"하지만 저는 왕자님의 눈을 뽑을 수가 없어요. 그렇게
한다면 왕자님은 완전히 장님이 될 테니까요."

"제비야, 제비야, 작은 제비야."

"내가 시키는 대로 해다오."

어쩔 수 없이 제비는 왕자의 다른 한쪽 눈을 뽑아 쏜살
같이 날아 내려갔다. 그리고 성냥팔이 소녀 옆으로 급강
하해 날아가 소녀의 손바닥에 보석을 살짝 떨어뜨렸다.
　　"어머, 아름다운 유리구슬이다!"
　　어린 소녀는 소리치고 나서 웃으며 집으로 뛰어갔다.

그런 뒤에 제비는 왕자에게로 돌아왔다.

"왕자님은 이제 장님이 되셨어요."

"그래서 저는 언제까지나 여기서 왕자님과 함께 있으려고 해요."

"안 돼, 작은 제비야." 가엾은 왕자가 말했다.

"너는 이집트로 가야만 해."

"저는 왕자님 곁에 늘 있을래요."

제비는 그렇게 말하고 나서 왕자의 발 옆에서 잠을 잤다.

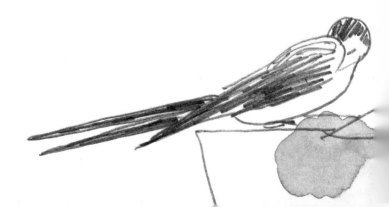

다음 날, 제비는 하루 종일 왕자의 어깨 위에 앉아서
낯선 나라에서 보았던 것들에 대해서 얘기했다.

나일강 둑에서는 빨간 따오기들이 길게 늘어서서 주둥이로 금붕어를 잡아먹고, 이 세상 나이만큼이나 오랫동안 사막에서 살아온 스핑크스는 모든 일을 알고 있고, 낙타 옆에서 천천히 걸어가는 장사꾼은 손에 호박 목걸이를 가졌다는 이야기.

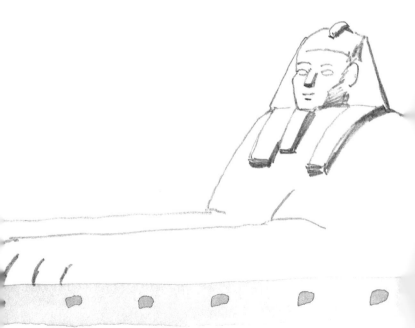

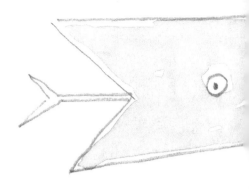

그리고 흑단같이 새까만 달의 왕은 커다란 수정을 숭배하고, 야자나무에 사는 크고 푸른 뱀은 스무 명의 신부들이 꿀과자를 먹여서 키우고 있으며,

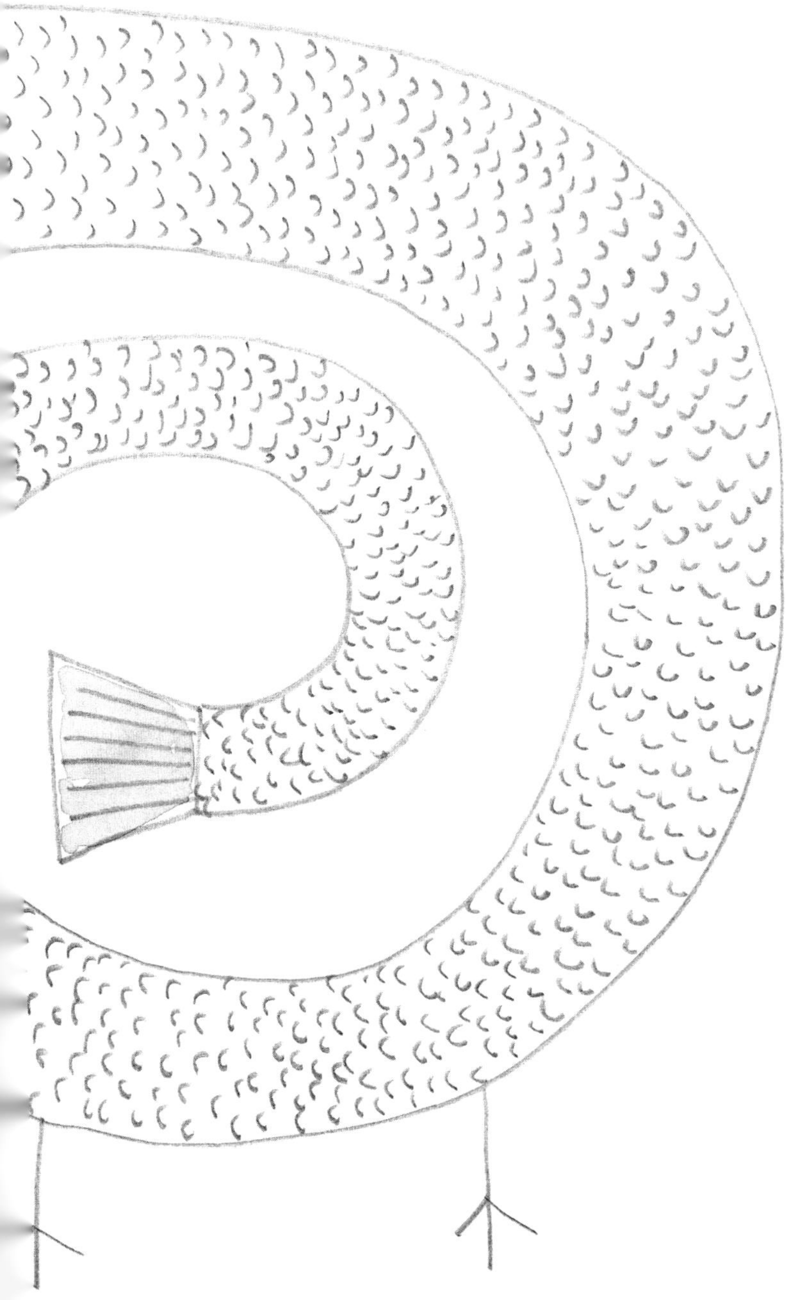

크고 널따란 나뭇잎을 타고 넓은 호수를 돌아다니는 난쟁이는 늘 나비와 결투를 벌인다는 이야기 등을 들려주었다.

"사랑스러운 작은 제비야."

"너는 나에게 놀라운 일들에 대해 들려주었지만, 무엇보다도 놀라운 것은 인간들이 고통받고 있다는 거란다. 불행보다 더 큰 신비는 없어. 작은 제비야, 이 도시를 날아다니며 사람들의 사는 모습을 보고 와서 내게 들려주렴."

그래서 제비는 도시를 날아다녔다. 그리고 부자가 아름다운 집에서 즐겁게 지내는 반면, 거지들은 부잣집 문 앞에 앉아 있는 것을 보았다. 어두운 골목길로 날아 들어갔을 때는 굶주린 아이들이 창백한 얼굴로 맥없이 거리를 내다보고 있는 걸 보았다.

아치 모양의 다리 밑에서는 어린 소년 둘이 너무 추운 나머지 서로 부둥켜안고 누워 있었다.

"아, 배가 너무 고파!"

"여기서 자면 안 돼." 경비원이 소리쳤다.

그래서 아이들은 다리 밑에서 나와 빗속을 헤매게 되었다.

제비는 왕자에게 돌아와 자기가 본 것들에 대해 이야
기했다.

"나는 순금으로 덮여 있단다."

"금을 한 조각 한 조각 떼어다가 가난한 사람들에게 나
누어주도록 하거라. 사람들은 황금을 가지고 있으면 항
상 행복해하니까."

제비가 순금을 한 장 한 장 떼어내자 행복한 왕자는 아주 흐릿한 회색이 되고 말았다.

제비는 떼어낸 금조각들을 가난한 사람들에게 물어다 주었다. 그러자 창백했던 아이들의 얼굴이 장밋빛으로 밝아졌고, 활짝 웃으면서 거리로 나가 놀기 시작했다.

아이들은 행복해하며 큰소리로 외쳤다.

"우리도 이제 빵을 먹을 수 있어!"

마침내 눈이 내렸고, 이내 모든 것이 얼어붙을 듯한 추위가 닥쳐왔다. 거리는 은으로 만들어진 것처럼 밝게 빛났다.

수정으로 된 단검 같은 고드름이 집집마다 처마 끝에 매달렸고, 사람들은 모두 털옷을 입기 시작했다. 그리고 어린 사내아이들은 주홍색 모자를 쓰고 얼음판 위에서 스케이트를 탔다.

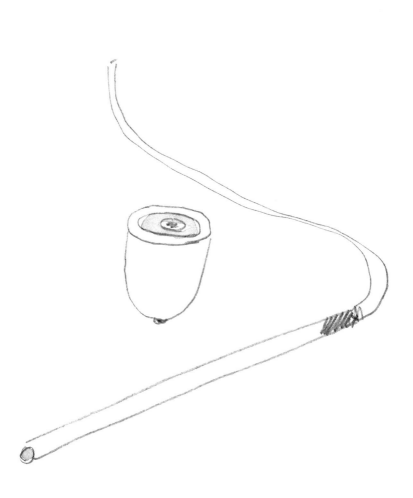

점점 더 추워졌지만 가련한 작은 제비는 왕자를 너무나 사랑했기에 왕자를 남겨둔 채로 떠날 수가 없었다.

제비는 빵집 문 밖에서 주인이 보지 않는 틈을 이용해 빵 부스러기를 쪼아 먹으며, 몸을 따뜻하게 하려고 날개를 퍼덕였다.

그러나 제비는 결국 자신이 죽을 거라는 걸 알고 있었다. 제비는 이제 왕자의 어깨 위에 딱 한 번 더 날아오를 힘밖에 남지 않았다.

제비가 힘없이 말했다.

"안녕히 계세요. 사랑하는 왕자님!"

"왕자님의 손에 입을 맞출 수 있게 해주세요."

"드디어 네가 이집트로 떠난다니 기쁘구나, 작은 제비야."

"너는 여기서 너무 오랫동안 머물렀어. 그러니 내 입술에 키스를 하고 어서 떠나거라. 난 너를 사랑하니까."

"내가 가는 곳은 이집트가 아니에요."

"저는 죽음의 집으로 가는 거예요. 죽음은 잠의 형제지요, 그렇죠?"

제비는 행복한 왕자의 입술에 키스를 하고 나서, 왕자의 발 옆에 툭 떨어져 죽고 말았다.

그 순간, 왕자의 몸속에서 뭔가 깨지는 듯한 이상한 소리가 났다. 납으로 만들어진 왕자의 심장이 두 조각으로 쪼개졌던 것이다.

확실히 무섭고 모질게 추운 날이었다.

다음 날, 아침 일찍 시장이 시의원들과 함께 광장을 지나가고 있었다. 동상 아래를 지날 때 시장은 행복한 왕자를 올려다보며 말했다.

"저런, 행복한 왕자가 어쩌다가 저렇게 흉하게 변했지?"

"정말 흉한데요."

시장의 말이라면 항상 찬성하는 시의원들이 소리쳤다. 그리고 그들은 왕자의 동상을 보기 위해 위로 올라갔다.

변해버린 왕자의 동상을 보며 시장이 말했다.

"칼자루에 박혔던 루비도 빠졌고, 눈에 박혔던 사파이어도 사라졌고, 온몸에 입혀졌던 금박도 벗겨졌군.

이제 보니 왕자는 거지보다도 나을 게 없어."

"정말 거지보다 나을 게 없군요."

시의원들도 맞장구쳤다.

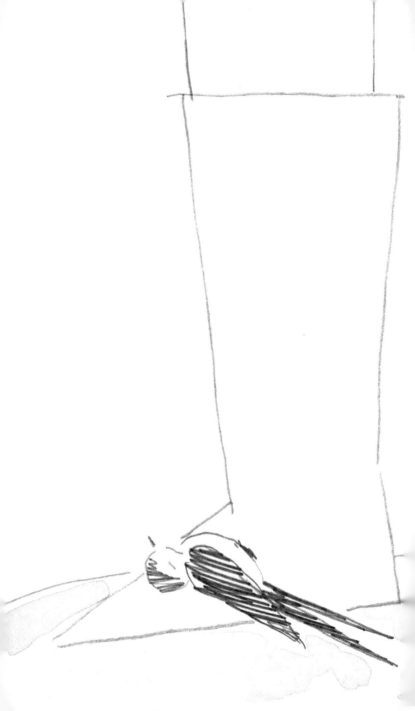

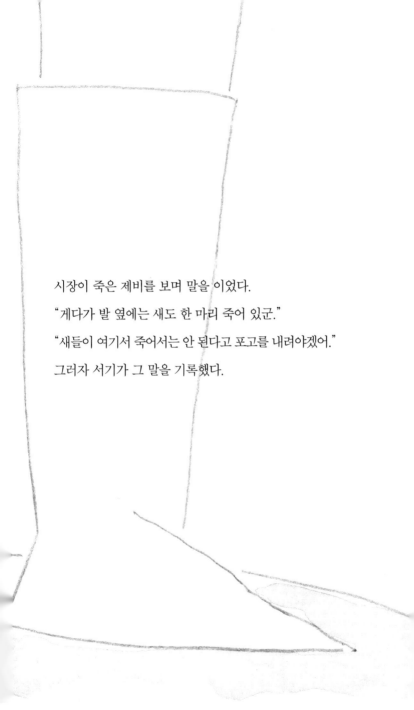

시장이 죽은 제비를 보며 말을 이었다.

"게다가 발 옆에는 새도 한 마리 죽어 있군."

"새들이 여기서 죽어서는 안 된다고 포고를 내려야겠어."

그러자 서기가 그 말을 기록했다.

결국 사람들은 행복한 왕자의 동상을 끌어내렸다.

"아름답지 않은 왕자의 동상은 더 이상 쓸모가 없습니다."

미술 교수가 말했다.

그들은 왕자의 동상을 용광로에 넣고 녹여버렸다. 그리고 시장은 녹인 쇳물로 무엇을 할지 결정하려고 시의회를 소집했다.

"우리는 물론 다른 동상을 만들어야 합니다."

"그리고 그 동상은 나의 것이었으면 좋겠소."

"내 동상이어야 해요."

시의원들은 저마다 말하고 나서 서로 다투었다. 내가 마지막으로 그들에 관해 들었을 때에도 그들은 여전히 다투고 있다고 했다.

"그런데, 참 이상한 일이로군."

주물공장의 기술자들이 말했다.

"이 쪼개진 납 심장은 용광로 속에서도 녹지를 않는군.
이건 그냥 버려야겠어."

그래서 그들은 죽은 제비가 버려진 쓰레기 더미 위에
왕자의 납 심장을 버렸다.

"저 도시에서 가장 귀한 것 두 가지를 가져오너라."

하느님이 천사에게 말씀하셨다.

그러자 천사는 납으로 된 심장과 죽은 새를 가져다 바쳤다.

하느님이 말씀하셨다.

"잘 찾아왔구나."

"작은 새는 내 천국의 동산에서 영원히 노래할 것이며, 행복한 왕자는 내 황금의 도시에서 나를 찬양하게 될 것이니라."

Oscar wilde

High above the city, on a tall column, stood the statue of the Happy Prince. He was gilded all over with thin leaves of fine gold, for eyes he had two bright sapphires, and a large red ruby glowed on his sword-hilt.

He was very much admired indeed. "He is as beautiful as a weathercock," remarked one of the Town Councillors who wished to gain a reputation for having artistic tastes; "only not quite so useful," he added, fearing lest people should think him unpractical, which he really was not.

"Why can't you be like the Happy Prince?" asked a sensible mother of her little boy who was crying for the moon. "The Happy Prince never dreams of crying for anything."

"I am glad there is someone in the world who is quite happy," muttered a disappointed man as he gazed at the wonderful statue.

"He looks just like an angel," said the Charity Children as they came out of the cathedral in their bright scarlet cloaks and their clean white pinafores.

"How do you know?" said the Mathematical Master, "you have never seen one."

"Ah! but we have, in our drems," answered the children; and the Mathematical Master frowned and looked very severe, for he did not approve of children dreaming.

One night there flew over the city a little Swallow. His friends had gone away to Egypt six weeks before, but he had stayed behind, for he was in love with the most beautiful Reed. He had met her early in the spring as he was flying down the river after a big yellow moth, and had been so attracted by her slender waist that he had stopped to talk to her.

"Shall I love you?" said the Swallow, who liked to come to the point at once, and the Reed made him a low bow. So he flew round and round her, touching the water with his wings, and making silver ripples. This was his courtship, and it lasted all through the summer.

"It is a ridiculous attachment," twittered the other Swallows; "she has no money, and far too many relations;" and indeed the river was quite full of

Reeds. Then, when the autumn came, they all flew away.

After they had gone he felt lonely, and began to tire of his lady-love. "She has no conver-sation," he said, "and I am afraid that she is a coquette, for she is always flirting with the wind." And certainly, whenever the wind blew, the Reed made the most graceful curtseys. "I admit that she is domestic," he continued, "but I love travelling, and my wife, con-sequently, should love travelling also."

"Will you come away with me?" he said finally to her; but the Reed shook her head, she was so attached to her home. "You have been trifling with me," he cried. "I am off to the Pyramids. Good-bye!" and he flew away.

All day long he flew, and at night-time he arrived at the city. "Where shall I put up?" he said; "I hope the town has made preparations."

Then he saw the statue on the tall column.

"I will put up there," he cried; "it is a fine position, with plenty of fresh air." So he alighted just between the feet of the Happy Prince.

"I have a golden bedroom," he said softly to himself as he looked round, and he prepared to go to sleep; but just as he was putting his head under his wing a large drop of water fell on him. "What a curious thing!" he cried; "there is not a single cloud in the sky, the stars are quite clear and bright, and yet it is raining. The climate in the north of Europe is really dreadful. The Reed used to like the rain, but that was merely her selfishness."

Then another drop fell.

"What is the use of a statue if it cannot keep the rain off?" he said; "I must look for a good chimney-pot," and he determined to fly away.

But before he had opened his wings, a third drop fell, and he looked up, and saw-Ah! what did he see?

The eyes of the Happy Prince were filled with tears, and tears were running down his golden cheeks. His face was so beautiful in the moonlight that the little Swallow was filled with pity.

"Who are you?" he said.

"I am the Happy Prince."

"Why are you weeping then?" asked the Swallow; "you have quite drenched me."

"When I was alive and had a human heart," answered the statue, "I did not know what tears were, for I lived in the Palace of Sans-Souci, where sorrow is not allowed to enter. In the daytime I played with my companions in the garden, and in the evening I led the dance in the Great Hall.

Round the garden ran a very lofty wall, but I never cared to ask what lay beyond it, everything about me was so beautiful. My couriers called me the Happy Prince, and happy indeed I was, if pleasure be happiness.So I lived, and so I died. And now that I am dead they have set me up here so high that I can see all the ugliness and all the misery of my city, and though my heart is made of lead yet I cannot choose but weep."

"What! is he not solid gold?" said the Swallow to himself. He was too polite to make any personal remarks out loud.

"Far away," continued the statue in a low musical voice, "far away in a little street there is a poor house. One of the windows is open, and through it I can see a woman seated at a table. Her face is thin and worn, and she has coarse, red hands, all pricked by the needle, for she is a seamstress. She is embroidering passion-flowers on a satin gown for the loveliest of the Queen's maids-of-honour to wear at the next Court-ball. In a bed in the corner of the room her little boy is lying ill. He has a fever, and is asking for oranges. His mother has nothing to give him but river water, so he is crying. Swallow, Swallow, little Swallow, will you not bring her the ruby out of my sword-hilt? My feet are fashtened to this pedestal and I cannot move."

"I am waited for in Egypt," said the Swallow. "My friends are flying up and down the Nile, and talking to the large lotus-flowers. Soon they will go to sleep in the tomb of the great King. The King is there himself in his painted coffin. He is wrapped in yellow linen, and embalmed with spices. Round his neck is a chain of pale green jade, and his hands are like withered leaves."

"Swallow, Swallow, little Swallow," said the Prince, "will you not stay with me for one night, and be my messenger? The boy is so thirsty, and the mother so sad."

"I don't think I like boys." answered the Swallow. "Last summer, when I was staying on the river, there were two rude boys, the miller's sons, who were always throwing stones at me. They never hit me, of course; we swallows fly far too well for that, and besides, I come of a family famous for its agility; but still, it was a mark of disrespect."

But the Happy Prince looked so sad that the little Swallow was sorry. "It is very cold here," he said; "but I will stay with you for one night, and be your messenger."

"Thank you, little Swallow," said the Prince.

So the Swallow picked out the great ruby from the Prince's sword, and flew away with it in his beak over the roofs of the town.

He passed by the cathedral tower, where the white marble angels were sculptured. He passed by the palace and heard the sound of dancing. A beautiful girl came out on the balcony with her lover. "How wonderful the stars are," he said to her, "and how wonderful is the power of love!"

"I hope my dress will be ready in time for the State-ball," she answered; "I have ordered passion-flowers to be embroider-ed on it; but the seamstresses are so lazy."

He passed over the river, and saw the lanterns hanging to the masts of the ships. He passed over the Ghetto, and saw the old Jews bargaining with each other, and weighing out money in copper scales. At last he came to the poor house and looked in. The boy was tossing feverishly on his bed, and the mother had fallen asleep, she was so tired. In he hopped, and laid the great ruby on the table beside the woman's thimble. Then he flew gently round the bed, fanning the boy's forehead with his wings. "How cool I feel!" said the boy, "I must be getting better;" and he sank into a deli-

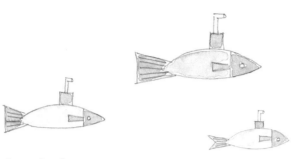

cious slumber.

Then the Swallow flew back to the Happy Prince, and told him what he had done. "It is curious," he remarked, "but I feel quite warm now, although it is so cold."

"That is because you have done a good action," said the Prince. And the little Swallow began to think, and then he fell asleep. Thinking always made him sleepy.

When day broke he flew down to the river and had a bath. "What a remarkable pheno-menon!" said the Professor of Ornithology as he was passing over the bridge. "A swallow in winter!" And he wrote a long letter about it to the local newspaper. Everyone quoted it, it was full of so many words that they could not understand.

"To-night I go to Egypt," said the Swallow, and he was in high spirits at the prospect. He visited all the public monuments, and sat a long time on top of the church steeple. Wherever he went the Sparrows chirruped, and said to each other, "What a distinguished stranger!" so he enjoyed himself very much.

When the moon rose he flew back to the Happy Prince. "Have you any commissions for Egypt?" he cried; "I am just starting."

"Swallow, Swallow, little Swallow," said the Prince, "will you not stay with me one night longer?"

"I am waited for in Egypt," answered the Swallow. "Tomorrow my friends will fly up to the Second Cataract. The river-horse couches there among the bulrushes, and on a great granite throne sits the God Memnon. All night long he watches the stars, and when the morning star shines he utters one cry of joy, and then he is silent. At noon the yellow lions come down to the water's edge to drink. They have eyes like green beryls, and their roar is louder than the roar of the cataract."

"Swallow, Swallow, little Swallow," said the Prince, "far away across the city I see a young man in a garret. He is leaning over a desk covered with papers, and in a tumbler by his side there is a bunch of withered violets. His hair is brown and crisp, and his lips are red as a pomegranate, and he has large and dreamy eyes. He is trying to finish a play for the Director of the Theatre, but he is too cold to write any more. There is no fire in the grate, and hunger has made him faint."

"I will wait with you one night longer," said the Swallow, who really had a good heart. "Shall I take him another ruby?"

"Alas! I have no ruby now," said the Prince; "my eyes are all that I have left. They are made of rare sapphires, which were brought out of India a thousand years ago. Pluck out one of them and take it to him. He will sell it to the jeweller, and buy food and firewood, and finish his play."

"Dear Prince," said the Swallow, "I cannot do that;" and he began to weep.

"Swallow, Swallow, little Swallow," said the Prince, "do as I command you."

So the Swallow plucked out the Prince's eye, and flew away to the student's garret. It was easy enough to get in, as there was a hole in the roof. Through this he darted, and came into the room. The young man had his head buried in his hands, so he did not hear the flutter of the bird's wings, and when he looked up he found the beautiful sapphire lying on the withered violets.

"I am beginning to be appreciated," he cried; "this is from some great admirer. Now I can finish my play," and he looked quite happy.

The next day the Swallow flew down to the harbour. He sat on the mast of a large vessel and watched the sailors hauling big chests out of the hold with ropes. "Heave a-hoy!" they shouted as each chest came up. "I am going to Egypt!" cried the Swallow, but nobody minded, and when the moon rose he flew back to the Happy Prince.

"I am come to bid you good-bye," he cried.

"Swallow, Swallow, little Swallow," said the Prince, "will you not stay with me one night longer?"

"It is winter," answered the Swallow, " and the chill snow will soon be here. In Egypt the sun is warm on the green palm-trees, and the crocodiles

lie in the mud and look lazily about them. My companions are building a nest in the Temple of Baalbec, and the pink and white doves are watching them, and cooing to each other. Dear Prince, I must leave you, but I will never forget you, and next spring I will bring you back two beautiful jewels in place of those you have given away. The ruby shall be redder than a red rose, and the sapphire shall be as blue as the great sea."

"In the square below," said the Happy Prince, "there stands a little match-girl. She has let her matches fall in the gutter, and they are all spoiled. Her father will beat her if she does not bring home some money, and she is crying. She has no shoes or stockings, and her little head is bare. Pluck out my other eye, and give it to her, and her father will not beat her."

"I will stay with you one night longer," said the Swallow, "but I cannot pluck out your eye. You would be quite blind then."

"Swallow, Swallow, little Swallow," said the Prince, "do as I command you."

So he plucked out the Prince's other eye, and darted down with it. He swooped past the match-girl, and slipped the jewel into the palm of her hand. "What a lovely bit of glass!" cried the little girl; and she ran home laughing.

Then the Swallow came back to the Prince. "You are blind now," he said, "so I will stay with you always."

"No, little Swallow," said the poor Prince, "you must go away to Egypt."

"I will stay with you always," said the Swallow, and he slept at the Prince's feet.

All the next day he sat on the Prince's shoulder,

and told him stories of what he had seen in strange lands. He told him of the red ibises, who stand in long rows on the banks of the Nile, and catch gold-fish in their beaks; of the Sphinx, who is as old as the world itself, and lives in the desert, and knows everything; of the merchants, who walk slowly by the side of their camels, and carry amber beads in their hands; of the King of the Mountains of the Moon, who is as black as ebony, and worships a large crystal; of the great green snake that sleeps in a palm-tree, and has twenty priests to feed it with honey-cakes; and of the pysmies who sail over a big lake on large flat leaves, and are always at war with the butterflies.

"Dear little Swallow," said the Prince, "you tell me of marvellous things, but more marvellous than anything is the suffering of men and women. There is no Mystery so great as Misery. Fly over my city, little Swallow, and tell me what you see there."

So the Swallow flew over the great city, and saw the rich making merry in their beautiful houses, while the beggars were sitting at the gates. He flew into dark lanes, and saw the white faces of starving children looking out listlessly at the black streets. Under the archway of a bridge two little boys were lying in one another's arms to try and keep themselves warm. "How hungry we are!" they said. "You must not lie here," shouted the Watchman, and they wandered out into the rain.

Then he flew back and told the Prince what he had seen.

"I am covered with fine gold," said the Prince, "you must take it off, leaf by leaf, and give it to my

poor; the living always think that gold can make them happy."

Leaf after leaf of the fine gold the Swallow picked off, till the Happy Prince looked quite dull and grey. Leaf after leaf of the fine gold he brought to the poor, and the children's faces grew rosier, and they laughed and played games in the street. "We have bread now!" they cried.

Then the snow came, and after the snow came the frost. The streets looked as if they were made of silver, they were so bright and glistening; long icicles like crystal daggers hung down from the eaves of the houses, everybody went about in furs, and the little boys wore scarlet caps and skated on the ice.

The poor little Swallow grew colder and colder, but he would not leave the Prince, he loved him too well. He picked up crumbs outside the baker's door when the baker was not looking, and tried to keep himself warm by flapping his wings.

But at last he knew that he was going to die. He had just enough strength to fly up to the Prince's shoulder once more. "Good-bye, dear Prince!" he murmured, "will you let me kiss your hand?"

"I am glad that you are going to Egypt at last, little Swallow," said the Prince, "you have stayed too long here; but you must kiss me on the lips, for I love you."

"It is not to Egypt that I am going," said the Swallow. "I am going to the House of Death. Death is the brother of Sleep, is he not?"

And he Kissed The Happy Prince on the lips, and fell down dead at his feet.

At that moment a curious crack sounded inside the statue, as if something had broken. The fact is that the leaden heart had snapped right in two. It certainly was a dreadfully hard frost.

Early the next morning the Mayor was walking

in the square below in company with the Town Councillors. As they passed the column he looked up at the statue: "Dear me! how shabby the Happy Prince looks!" he said.

"How shabby, indeed!" cried the Town councillors, who always agreed with the Mayor; and they went up to look at it.

"The ruby has fallen out of his sword, his eyes are gone, and he is golden no longer," said the Mayor; "in fact, he is little better than a beggar!"

"Little better than a beggar," said the Town Councillors.

"And here is actually a dead bird at his feet!" continued the Mayor. "We must really issue a proclamation that birds are not to be allowed to die

here." And the Town Clerk made a note of the suggestion.

So they pulled down the statue of the Happy Prince. "As he is no longer beautiful he is no longer useful," said the Art Professor at the University.

Then they melted the statue in a furnace, and the Mayor held a meeting of the Corporation to decide what was to be done with the metal. "We must have another statue, of course," he said, " and it shall be a statue of myself."

"Of myself," said each of the Town Councillors, and they quarrelled. When I last heard of them they were quarrelling still.

"What a strange thing!" said the overseer of the workmen at the foundry. "This broken lead heart will not melt in the furnace. We must throw it away." So they threw it in a dust-heap where the dead Swallow was also lying.

"Bring me the two most precious things in the

city," said God to one of His Angels; and the Angel brought Him the leaden heart and the dead bird.

"You have rightly chosen," said God, "for in my garden of Paradise this little bird shall sing for evermore, and in my city of gold the Happy Prince shall praise me."

– The end –

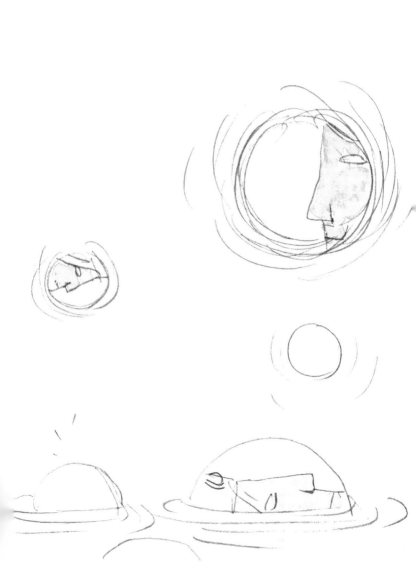

◆ 오스카 와일드와 『행복한 왕자』

『행복한 왕자The Happy Prince』는 오스카 와일드(1854~
1900)의 가장 대표적인 작품으로, 간결하고 압축된 문장
속에 인간의 세태를 날카로우면서도 역설적으로 풍자했다
는 평가를 받는다.

가난한 사람들을 위해 철저히 자신을 희생하는 왕자와
제비의 모습을 통해 우리는 연민을 넘어서는 감동을 마주
하게 된다. 죽기 이전부터 '행복한 왕자'라고 불리던 이 왕
자는 행복의 진정한 의미를 알지 못했다가, 자신의 동상에
붙어 있던 보석을 가난한 사람들에게 모두 나눠준 뒤에야
진정으로 '행복한 왕자'가 되는 셈이다. 또한 동상의 초라
함을 비웃거나 동상을 녹인 쇳물로 자신의 동상을 만들어
야 한다고 외치는 시장과 시의회 의원들은 이 역설적인 왕
자의 표상 앞에서 위선과 가식의 또 다른 모습을 보여준다.
결국 죽은 제비가 버려졌던 쓰레기 더미에 던져지는 왕자
의 쪼개진 납 심장은 이기주의와 물질만능주의가 팽배해

...는 현대사회에 울리는 '아름다운 경종'일 듯하다.

오스카 와일드는 흔히 예술지상주의, 혹은 탐미주의의 대표주자로 손꼽힌다. 빅토리아 시대의 위선과 권위의식을 날카롭게 풍자해 조국인 영국으로부터 배척을 받기도 했으나, 사후 백 년여가 지난 뒤에야 새롭게 조명받기 시작해 런던의 트라팔가 광장에 그의 동상이 세워지기도 했다. 또한 『뉴욕 타임즈』에서는 지난 천년간 최고의 희곡 작품으로 셰익스피어나 몰리에르의 작품이 아닌 오스카 와일드의 『진지함의 중요성』을 꼽기도 했다.

어쩌면 우리는 오스카 와일드의 예술지상주의에 대해 그간 편견을 가지고 있었는지도 모른다. 그는 「거짓말하는 풍조의 쇠퇴」라는 글에서 '모든 것의 출발점은 세상이 아니라 아름다운 거짓인 예술이고, 예술이 인생을 모방하기보다는 인생이 예술을 모방한다'고 주장했으며, '인류의 문

화가 갈수록 쇠퇴하는 것은 메마른 사실주의와 실증주의적 태도가 상상의 날개를 꺾기 때문'이라고 말하기도 했다. 그리하여 시인을 자신의 이상국가에서 추방하겠다는 플라톤에 반해, 자신의 이상국가에는 시인들만 살게 하겠다고 단언하기도 했던 것이다.

하지만 자본주의의 발달로 물질문화가 예술적 상상력을 지배하고 있는 현실을 보건대, 오스카 와일드야말로 예술 본연의 자세를 견지한 진정한 예술세계를 구현했던 선구자가 아니었을까.

그는 또 "모든 아버지는 자녀를 위해 옛 이야기 하나쯤은 써야 한다"며, 「행복한 왕자」를 포함한 9편의 아름다운 동화를 남기기도 했다. 특히 이번에 이가서는 이동진 선생의 그림과 어울려 『행복한 왕자』를 생동감 넘치는 책으로 출간코자 노력을 아끼지 않았다. 이동진 선생은 이번 작업에 대해 다음과 같은 이야기를 남겼다.

"문학이 문자라는 기호를 통해 사람의 마음을 움직이듯,

그림도 사람의 마음을 따뜻하게 하는 기호가 있다. 그 기호를 찾아내는 일이 바로 그림을 그리는 사람의 몫이다. 부드럽고 뭉툭한 연필선으로 그려진 그림과, 생각에 생각을 더할 수 있는 여백의 공간미가 글 속에 담으려 했던 아름다운 사랑의 메시지와 함께 어우러질 수 있기를 기대해 본다."

　　사실 『행복한 왕자』는 어린이들을 위한 동화만이 아니다. 새롭게 선보이는 이가서의 『행복한 왕자』는 현대적 감각에 맞는 그림과 번역으로 청장년층에게 다가설 수 있도록 노력했다. 모쪼록 새로운 『행복한 왕자』를 만나는 모든 독자들의 21세기가 '사랑과 행복'의 진정한 의미를 알아가는 '행복한 여정'이기를 바란다.

◆ 저자 소개

오스카 와일드는 1854년 아일랜드의
더블린에서 태어난 소설가, 시인, 극작
가, 동화작가다. 아버지William Wilde는
유명한 안과의사·고고학자였고, 어머
니Jane Francesca Elgee Wilde는 시인이
었다. 더블린의 트리니티 칼리지를 거
쳐 옥스퍼드 대학에 장학생으로 진학

오스카 와일드
(Oscar Wilde, 1854~1900)

했으며, 옥스퍼드 재학 중 이탈리아의 마을 라벤나를 노래한 시
「Ravenna」(1878)로 '뉴디기트 신인상'을 받았다. 그 무렵부터
이미 '예술을 위한 예술Art's Sake'을 표어로 하는 탐미주
의를 주창하였고, 그 지도자가 되었다.

대학을 졸업한 후 본격적인 작가 생활을 시작해 1888년에 동
화집 『행복한 왕자The Happy Prince and Other Tales』를 출간했고,
다음 해에는 유일한 장편소설 『도리언 그레이의 초상 The
Picture of Dorian Gray』의 대부분을 잡지에 발표했다가 1891년
단행본으로 출간했다.

그 밖에 중편소설집『아서 새빌경卿의 범죄Lord Arthur Savile's Crime and Other Stortes』(1891)와 제2의 동화집『석류나무집The House of Pomegranates』(1892), 그리고 예술론집 『의향Intentions』(1891)과 참회록 형식의『옥중기獄中記 De Profundis』(1905) 등을 남겼다. 한편『윈더미어경卿 부인의 부채 Lady Windermere's Fan』(1892),『보잘것없는 여인 A Woman of No Importance』(1893),『이상理想의 남편 An Ideal Husband』(1895) 및『진지함의 중요성 The Importance of Being Earnest』(1895) 등 일련의 세태를 배경으로 한 희극을 발표·상연하였다.

그러나 탐미주의에 대한 지나친 경도는 오스카 와일드의 말년을 쓸쓸하게 만들었다. 그는 1895년 동성애 혐의로 유죄판결을 받고 2년 동안 레딩 교도소에서 복역했다가 출감한 후, 대부분의 세월을 파리에서 빈궁하게 지내다가 1900년 뇌수막염으로 사망했다.

행복한 왕자

초판 1쇄 인쇄일 | 2017년 10월 25일
초판 1쇄 발행일 | 2017년 10월 30일

....

글쓴이 | 오스카 와일드
그린이 | 이동진
옮긴이 | 김춘길
펴낸이 | 하태복

....

펴낸곳   이가서
주소   경기도 고양시 일산서구 주엽동 81 뉴서울프라자 2층 40호
전화   031) 905-3593
팩스   031) 905-3009
등록번호   제10-2539호

....

ISBN   987-89-5864-325-8 03840